PREMIÈRES

RÊVERIES

CHAMPÊTRES

PAR

ANDRÉ LAVIER

TOURS

IMPRIMERIE DE J. BOUSEREZ

RUE DE L'INTENDANCE, 13 ET 16

MCCCLVIII

RÊVERIES CHAMPÊTRES

ROCHEBRUNE

A M. P. RAYMOND.

> Je vous aime, ô débris !
> Vᵒʳ HUGO.

Que n'ai-je assez de fortune
Pour acheter Rochebrune,
Ce vieux manoir féodal,
Qui du haut de la montagne
Se dresse dans la campagne
Tel qu'un géant à cheval !

La perte de sa noblesse
A répandu la tristesse
Sur son front dominateur ;
Mais veuf de prérogatives,
On le croirait de ces rives
Toujours le maître et seigneur.

1857   1

Il n'a plus de châtelaines
Chevauchant par ses domaines
Riches de grâce et d'attraits ;
Mais béantes et criblées ,
Ses quatre tours crénelées
Nous rediraient leurs secrets.

Il n'a plus , grand feudataire ,
Ses vaillants hommes de guerre
Aux panaches éclatants ;
Mais il montrerait encore ,
La salle vaste et sonore ,
Où s'agitaient ces Titans.

Il n'a plus son prêtre austère ,
Bénissant d'une prière
La dépouille des héros ;
Mais son antique chapelle ,
Au jour levant étincelle
Du reflet de ses vitraux.

Il n'a plus ses équipages :
Bruyants piqueurs , joyeux pages ,
Meutes , faucons , destriers ;
Mais à l'heure du silence ,
Ses enclos , son parc immense ,
Se peuplent de braconniers.

On dit aussi qu'il possède
Larges dagues de Tolède ,
Arbalètes et clairons ,

Et qu'à ses froides murailles
Pendent les cottes de mailles,
Près des portraits des barons.

De ces preux, dans les nuits sombres,
On ajoute que les ombres
Visitent ses corridors :
Illustres âmes en peine,
Qu'un démon jaloux promène
Sous le blanc linceul des morts.

Que n'ai-je assez de fortune !
A moi serait Rochebrune,
A moi ce vieux château-fort,
Qui sut contre des armées
Tenir ses portes fermées,
Que m'ouvrirait un peu d'or !

LE PORTRAIT

O pure et ravissante image,
Beauté que j'aime à contempler,
Déesse ou femme au doux visage,
De quel nom dois-je t'appeler ?
A mon chevet si je t'admire,
Gracieuse sous tes atours,
Ta bouche semble me sourire :
Portrait charmant, sois mes amours !

Le matin, sitôt l'aube éclose,
Te voir est un bonheur pour moi,
Et lorsque le soir tout repose,
Mes yeux se reportent vers toi.
La rose que ton sein soulève,
Me rappelle de bien beaux jours,
La nuit me les ramène en rêve :
Portrait charmant, sois mes amours !

Sous mon toit tu combles le vide
Que m'ont laissé d'amers regrets,
Et devant ton regard limpide
Ma solitude a des attraits ;
Mes peines, je te les confie,
Mes maux, tu les calmes toujours,
Dans mon cœur je te déifie !
Portrait charmant, sois mes amours !

LE MYOSOTIS

A MADAME C. L...

> N'osez jamais, d'une indiscrète main,
> Toucher la fleur ni profaner le sein
> Que chaque aurore humecte de ses larmes.
> PARNY.

S'il est vrai que les fleurs légères
Ont des sens tout mystérieux,
Laissons-les au sein des parterres
Parler à l'âme et plaire aux yeux.

Mais vous désirez, belle dame,
L'humble fleur du myosotis;
La voici, car désirs de femme
Sont pour nous des ordres écrits.

Hélas ! je viens de mettre un terme
A sa vie; elle va mourir :
Déjà son calice se ferme
Pour ne plus jamais se rouvrir.

Il lui faut, fleurette gentille,
Quitter l'air pur et le gazon,
Au printemps, quand le soleil brille,
Si radieux dans le vallon ;

Quitter sa sœur la paquerette
Et le gracieux rosier blanc,
Qui jetait l'ombre sur sa tête
A chaque rayon trop brûlant.

Mai prodigue en vain ses largesses
A nos champs, nos bois et nos prés ;
Elle n'aura plus les caresses
Des beaux papillons diaprés.

Le zéphyr et la brise folle,
Qui lutinent chaque arbrisseau,
N'inclineront plus sa corolle
Sur l'onde claire du ruisseau.

Lorsque, par la nuit étoilée,
Philomèle ici chantera,
Sur le sable de cette allée
Un pied distrait la foulera...

Mais non, car elle est le symbole
Du souvenir et de la foi :
A vos désirs si je l'immole,
En la gardant pensez à moi.

LUCETTE

Vien à moy, mon lut ; que j'accorde
Une ode, pour la fredonner,
Dessus la mieux parlante corde
Que Phébus t'ait voulu donner.

RONSARD.

Ce n'est qu'une humble suivante,
 Indigente,
Orpheline et sans appui,
N'ayant pour seule retraite,
 La pauvrette,
Que la demeure d'autrui.

Mais elle est d'humeur si bonne
 Qu'on lui donne
Ce qu'elle peut désirer,
Et la noble chatelaine,
 Sa marraine,
Prend plaisir à la parer.

Aussi, toujours sémillante
 Et pimpante,
Comme un vif et bel oiseau,
Par son joyeux caquetage,
 La volage,
Sait égayer le château.

Sur le vieux balcon de pierre,
Matinière,
Dès l'aube, en jupon de lin,
Elle vient, sans qu'on la voie,
Avec joie,
Sourire aux fleurs du jardin.

A l'aise elle se prélasse
Dans la glace,
Et sous un rayon du jour,
S'assure de ses mains blanches
Si ses hanches
Ont un gracieux contour.

Puis elle court vive, agile,
Par la ville,
Chercher fruits, gâteaux et fleurs,
Car pour le soir on apprête
Une fête,
Rendez-vous de grands seigneurs.

Oh ! dit tout bas la coquette,
Ma toilette
Me vaudra-t-elle un coup d'œil ?
Que n'ai-je aussi les parures,
Les dorures,
Qui des dames font l'orgueil !

Va, rassure-toi, mignonne,
La baronne
Sait que le plus riche écrin

Sur les cœurs a moins d'empire
Qu'un sourire
De tes lèvres de carmin.

Devant la riche assemblée
Attablée,
Voyez Lucette au dessert,
Plus vermeille que la rose,
Qui repose
Dans son corsage entr'ouvert.

Sa taille élégante et fine
Se dessine
Sans le secours du corset,
Et le regard qui s'embrase,
Sous la gaze
Se glisse et plonge indiscret.

Son front pur qui se colore
Rend encore
Ses attraits plus gracieux,
Et plus touchante la joie
Qui se noie
Dans l'azur de ses beaux yeux.

C'est alors que sans égale,
Dans la salle
Elle est reine de beauté,
Et que chacun, plus sincère,
Pour lui plaire
Donnerait sa liberté !

A UN JEUNE POÈTE

> Que jamais la gloire ne creuse
> Sur ce front blanc le moindre pli.
> LAMARTINE.

Enfant au cœur pur et sincère,
Épris du désir de savoir,
Combien j'ai regret de te voir
Ainsi rêveur et solitaire :
Crois-moi, mon pauvre ami, crois-moi,
Chasse les Muses de chez toi.

A quoi te sert, ô mon poëte,
D'aligner ainsi de beaux vers ?
Crois-tu réformer les travers
De ce monde qui te rejette ?
Crois-moi, mon pauvre ami, crois-moi,
Chasse les Muses de chez toi.

Tes travaux, fruits de longues veilles,
Ne rencontreront ici-bas
Que des railleurs ou des ingrats,
Ou plutôt de sourdes oreilles :

Crois-moi, mon pauvre ami, crois-moi,
Chasse les Muses de chez toi.

Pénétré d'un amour immense,
Rêves-tu le règne du bien ?
Mais ta parole ne peut rien,
Et l'on rira de ta croyance :
Crois-moi, mon pauvre ami, crois-moi,
Chasse les Muses de chez toi.

De ton ardente intelligence
Veux-tu dissiper les trésors,
Et dans de terrestres discords
Perdre ta noble indépendance ?
Crois-moi, mon pauvre ami, crois-moi,
Chasse les Muses de chez toi.

Ou serait-ce d'un peu de gloire
Que ton cœur serait altéré ?
Enfant, un bonheur ignoré
Vaut mieux que ce mot illusoire.
Crois-moi, mon pauvre ami, crois-moi,
Chasse les Muses de chez toi.

La gloire ! vois comme au Parnasse
Elle fait payer cher un nom :
Elle a désespéré Milton
Et n'a pas su nourrir le Tasse.
Crois-moi, mon pauvre ami, crois-moi,
Chasse les Muses de chez toi.

Si d'un vain renom le caprice
Trouble tes sens, qu'il soit proscrit !
L'homme a toujours assez d'esprit
Pour aller mourir à l'hospice.
Crois-moi, mon pauvre ami, crois-moi,
Chasse les Muses de chez toi.

SOUVENIRS DU TEMPS PASSÉ

A MON AMI S. BOUTIER.

Oui, tout ce qui jadis divertissait nos pères
De jour en jour s'en va, par ces temps de chimères
      Et de cupidité,
Et jeune je pourrais rappeler à notre âge
Ce que j'ai vu mourir, rien que dans mon village,
      De joie et de gaîté.

Alors dès le printemps, au cours des longs dimanches,
Les filles des fermiers, avec leurs robes blanches,
      Montaient vers les Tilleuls,
Où les gais laboureurs, en rond près de Grégoire,
En attendant le bal, se provoquaient à boire
      Et même dansaient seuls.

La moisson mariait le travail et les fêtes ;
De simples fleurs des champs bien des joyeuses têtes
      Se couronnaient encor,

A l'heure que les bœufs, traînant le char antique,
Au son du tambourin, rentraient au toit rustique
    Les nombreux épis d'or.

La vendange arrivait, bruyante, échevelée,
Sa hotte sur le dos et parfois affublée
    De grotesques atours ;
Et la bande, en chantant Bacchus et sa folie,
Par le vin échappait à la mélancolie
    Durant au moins vingt jours.

Puis quand venaient l'hiver et les longues veillées
Quand les feuilles des bois roulaient éparpillées
    Sous les vents en courroux;
Tant pauvres que richards, sans se le faire dire,
Chez nous, chez le voisin, chez quiconque *aimait rire*,
    Le soir s'assemblaient tous.

Autour de la cuisine, on rangeait bancs et chaises ;
Laissant aux plus anciens le droit d'avoir leurs aises
    Près du large foyer;
Tandis que la jeunesse, en cercle entremêlée,
S'agaçait à l'écart et raillait l'assemblée,
    Prompte à se récrier.

Bientôt, à la clarté de modestes lumières,
Les fuseaux tournoyaient aux mains des ménagères,
    Et les petits enfants,
Près d'elles tolérés dans leurs espiègleries,
Montraient, au coin du feu, des figures fleuries,
    Et des ris triomphants.

Des faits du jour, ensemble on repassait la liste,
Chapitres de critique où maint feuilletonniste
    Eut admiré souvent
Du conteur en sabots la verve ébouriffante,
Eut envié l'entrain et la grâce attrayante
    De son récit piquant.

Puis quelque vieux soldat à la face bronzée,
De sa parole brève apaisait la risée
    Et les légers propos :
De la grande épopée interrogeant l'histoire,
Il évoquait ces jours de fortune et de gloire
    Si féconds en héros.

Oh ! lorsqu'il retraçait ces marches redoublées,
Qu'il redisait l'horreur des sanglantes mêlées,
    Où tombait l'ennemi ;
Nous tous, jeunes garçons, prêts à tout entreprendre,
Dans le vent qui grondait il nous semblait entendre
    Les tambours de Valmy.

Il se taisait, qu'émus nous écoutions encore,
Et rien ne parlait plus que l'horloge sonore
    La bise et le grillon ;
Mais soudain quelque vieille aux regards magnétiques
A son tour racontait ces lugubres chroniques
    Qui donnent le frisson.

C'étaient des revenants sortis des cimetières,
Des maudits qui la nuit dansaient dans leurs suaires
    Au bord des chemins creux,

Des loups-garous heurtant, le soir, à votre porte,
Et le logis désert hanté par la cohorte
    Des esprits ténébreux.

C'étaient des farfadets en guerre avec les gnomes,
Des lutins égarant dans les bois et les chaumes
    Le troupeau délaissé,
Et le berger qui tremble alors que vers la brune,
Sur les eaux de l'étang se dresse au clair de lune
    Un géant cuirassé.

Esprits-forts, épargnez ici vos railleries :
Ces légendes valaient pour le moins vos féeries,
    Et savaient effrayer.
Lorsqu'à minuit les chiens aboyaient avec rage,
Peu d'entre vous peut-être auraient eu le courage
    De descendre au cellier ;

Car il fallait toujours, pour clore la veillée,
Un peu de ce vin doux qui tient l'âme éveillée
    Et rend l'esprit moins noir ;
Aussi l'amour chantait en vidant la bouteille,
Et l'on se séparait, amis comme la veille,
    Sur un joyeux bonsoir.

Aujourd'hui va, poëte, au seuil de ces demeures ;
Va chercher ces plaisirs, ces jeux, ces longues heures
    Exemptes de chagrin...
Que vois-tu ? — Seul, le maître, en sa vague tristesse,
Calculant s'il sera, par la hausse ou la baisse,
    Riche ou pauvre demain !

LA MUSIQUE

A MM. LES MUSICIENS DE C...

A L'OCCASION DE LA FÊTE DE SAINTE CÉCILE

> La musique , source féconde ,
> Épandant ses flots jusqu'en bas ,
> Nous verrons ivres de son onde
> Artisans , laboureurs , soldats.
>   BÉRANGER.

La musique, don céleste,
Au monde se manifeste,
Plein d'art ou de volupté :
C'est cette note perlée
Qui pour nous s'est envolée
Des lèvres de la beauté.

C'est le chant grave et sonore
Que le pâtre, dès l'aurore,
Pour prière adresse aux Cieux ;
C'est l'écho du bois sauvage
Jetant sous l'épais feuillage
Des accords mystérieux.

C'est l'alouette plaintive,
Dans sa course fugitive,
Portant au ciel ses doux cris ;

C'est l'abeille qui bourdonne,
Va, vient, travaille et moissonne
Dans les parterres fleuris.

C'est la vague bouillonnante,
C'est la cascade bruyante
Roulant leurs flots courroucés;
Quand la nuit est sombre et grise,
C'est le souffle de la brise
Dans le champ des trépassés.

C'est la cloche du village
Annonçant un mariage
Par de saints et joyeux sons;
C'est la ronde de l'épouse
S'enlaçant sur la pelouse
Au bruit des folles chansons.

C'est la voix de jeunes filles,
Mariant, sous les charmilles,
Leurs chants si purs et si doux;
C'est la naïve romance
D'une mère qui balance
Son enfant sur ses genoux.

C'est enfin, dans la nature,
Tout ce qui bruit, murmure
Et fait vibrer l'univers:
Voix de gloire, de génie,
Dont l'éternelle harmonie
Se mêle aux divins concerts.

MA PARESSE

Elle a l'esprit vraiment drôle,
Pour qui ne la connaît pas,
La paresse qui m'enjôle
Et me retient en ses lacs :
Ce n'est point une momie
Séchant auprès du foyer ;
Non, c'est une tendre amie
Qui me pousse à m'égayer.

Ma paresse
Me caresse
Et charme tous mes instants ;
De ma vie,
Douce amie,
Elle fait un vrai printemps.

Dans mon modeste ermitage
Elle flane en liberté,
Et fait toujours bon ménage
Avec ma vieille gaîté :
On la voit sur mes trois chaises,
Sans désirer de sopha,

S'étendre et prendre ses aises
Comme au logis d'un pacha.

> Ma paresse
> Me caresse
> Et charme tous mes instants ;
> De ma vie,
> Douce amie,
> Elle fait un vrai printemps.

Elle aimerait l'opulence
Au sein de notre maison ;
Mais riche de patience
Elle dit avec raison :
Si la fortune volage
D'un long travail est le prix,
Attendons quelque héritage
En mangeant notre pain bis.

> Ma paresse
> Me caresse
> Et charme tous mes instants ;
> De ma vie,
> Douce amie,
> Elle fait un vrai printemps.

Désireuse de me plaire,
Je l'entends cent fois le jour,
Me parler avec mystère
De poésie et d'amour ;
Et m'entraînant par caprice

Sous les berceaux les plus frais ,
Elle s'adjoint pour complice
La Fontaine ou Rabelais.

Ma paresse
Me caresse
Et charme tous mes instants ;
De ma vie ,
Douce amie ,
Elle fait un vrai printemps.

Si parfois le sort bizarre
M'apporte de noirs soucis ,
Elle allume un blond cigarre
Et convoque les amis :
Lors , éloignant la contrainte ,
Elle nous attable en rond ,
Et tant nous vide sa pinte
Que les noirs soucis s'en vont.

Ma paresse
Me caresse
Et charme tous mes instants ;
De ma vie ,
Douce amie ,
Elle fait un vrai printemps.

D'humeur galante et légère ,
Dans le boudoir ou les champs ,
Vers la dame ou la bergère
L'entraînent ses doux penchants ;

Car de duvet ou de paille,
Tout lit d'amour lui sourit,
Et jamais elle n'y bâille,
Si fécond est son esprit !

Ma paresse
Me caresse
Et charme tous mes instants ;
De ma vie,
Douce amie,
Elle fait un vrai printemps.

LE DERNIER SOMMEIL

Tu ue sais pas , ô petit ange !
Qu'ici tout nous trompe et tout change,
Excepté pleurer et souffrir....
Mᵐᵉ GUINARD.

Maman, qu'a donc ma sœur Marie ,
Depuis hier soir qu'elle dort ?
Et pourquoi ta bouche qui prie
Ne parle-t-elle que de mort ?
Souffre que près d'elle je veille ,
A genoux , si c'est une loi ,
Et que je lui dise à l'oreille :
Petite sœur, éveille-toi !

Éveille-toi , ma Mariette ,
Pour ne plus nous inquiéter ,
Et ne sois pas ainsi muette
Toi qui te plaîs tant à chanter ;
Seul depuis deux jours je m'ennuie
De ne point t'avoir avec moi ;
Sur ta main quand ma main s'appuie ,
Petite sœur, éveille-toi !

Je ne te ferai plus de peine,
Ce sera toi qui gronderas ;
Tiens, de joujoux ma boîte est pleine,
Si tu les veux , tu les auras ;

Quand nous jouerons à la bataille
Tu prendras toujours as et roi ;
Aimes-tu mieux que je m'en aille ?...
Petite sœur, éveille-toi !

Pour te tirer de ta couchette
J'entends ne plus rien te cacher :
Je connais un nid de fauvette,
Viens, nous allons le dénicher ;
Puis au retour, pour mieux te plaire,
Je te cueillerai, par ma foi !
Les plus belles fleurs du parterre :
Petite sœur, éveille-toi !

Oh ! si tu voyais notre mère
Sangloter dans tes rideaux blancs,
Vite tu poserais, ma chère,
Un baiser sur ses yeux brûlants.
Comme elle aussi, moi je soupire,
Je pleure sans savoir pourquoi ;
Console-nous par un sourire :
Petite sœur, éveille-toi !

Mon Dieu ! que vois-je à notre porte ?
C'est le vieux fossoyeur Gervais.
Je sais que les gens qu'il emporte
Chez eux ne reviennent jamais.
Prends garde, sa figure austère
M'a toujours causé de l'effroi ;
Voudrait-il donc te mettre en terre ?...
Petite sœur, éveille-toi !

REQUÊTE

A UN CHIEN DE BONNE MAISON

Monsieur Médor, on dit que votre maître
Vous a donné l'ordre de repousser,
A coups de crocs, quiconque ose paraître
Près du château sans un laissez-passer.
Moi qui n'ai rien, et ne suis qu'un poëte
Aimant partout à promener ses pas,
Daignerez-vous accueillir ma requête ?
Monsieur Médor, voyons, ne mordez pas.

Au châtelain j'eus fait ma révérence
Pour voir ces lieux dont l'aspect m'a charmé ;
Mais ce baron sorti de la finance
Eut-il compris ce que j'eus réclamé ?
Vous m'entendrez, vous, du moins je l'espère,
Quand vous saurez que de vos fins repas
Je ne viens point partager l'ordinaire ;
Monsieur Médor, voyons, ne mordez pas.

Oh ! laissez-moi jouir des belles choses
Que ces grands murs dérobent à mes yeux,
De ces jardins, de ces massifs de roses
Où, libre et fier, vous bondissez joyeux ;

Là, jour et nuit vous avez votre niche,
Charmant logis ombragé de lilas :
Qu'on est heureux d'être le chien d'un riche !
Monsieur Médor, voyons, ne mordez pas.

Dans votre parc dont la verte ramure
Tente si peu Plutus ou ses suppôts,
Quel mal ferai-je, amant de la nature,
De savourer les douceurs du repos ?
J'irais m'asseoir sur le banc solitaire
Où d'anciens preux racontaient leurs combats :
Ayez comme eux une âme hospitalière ;
Monsieur Médor, voyons, ne mordez pas.

En ce donjon, vieux débris historique,
Combien encor de trésors méconnus !
Au temps passé, sous sa porte gothique,
Les gais rimeurs étaient les bienvenus ;
Mais le hanap qu'une main douce et belle
Pour le trouvère emplissait d'hypocras,
On l'a changé pour vous en écuel'e...
Monsieur Médor, voyons, ne mordez pas.

Quoi ! vous allez exaucer ma prière ;
Je verrai tout, et cela grâce à vous :
O bon Médor, merci !... Mais là, derrière,
Qu'est-ce ? bon Dieu ! votre maître en courroux.
Sur vous son œil exerce un tel empire
Qu'il vous faudrait me déchirer, hélas !
Tout beau ! tout beau ! d'ici je me retire ;
Monsieur Médor, voyons, ne mordez pas.

LE PIRATE

Blonde fille de la Neustrie,
Sous le ciel froid de ta patrie
Ton âme rêveuse s'endort,
  Meurtrie ;
Viens au pirate unir ton sort,
  A bord.

Suis-moi, j'ai pour te rendre heureuse
Ma brigantine aventureuse,
Qui toujours, bravant les revers,
  Se creuse
Un sillon rapide à travers
  Les mers.

Tu verras mon rude équipage
Se prosterner à ton passage ;
En sultane tu recevras
  Hommage,
Et pour te servir compteras
  Cent bras.

Nous irons, à ta fantaisie,
Visiter l'Égypte ou l'Asie,
Chypre, jadis par les amours
      Choisie,
Jaffa que protégent toujours
      Ses tours.

Sur les flots baignant Salamine,
Sans quitter ta riche cabine,
Tu verras les ombrages frais
      D'Egine,
Et la cité de Périclès
      Auprès.

Puis, quand les nuits seront brillantes,
Quand les vagues étincelantes
Se dérouleront deux à deux,
      Tremblantes,
Tu me parleras, ange heureux,
      Des cieux !

LA BRUME DE NOVEMBRE

L'Aurore est sans pleurs,
Zéphyr sans haleine,
Flore sans couleurs.
        P.-J. BERNARD.

Ne rappelle plus, ô ma Jeanne,
Avril, ses fleurs et son ciel bleu,
Alors que l'hiver nous condamne
A méditer au coin du feu.
Déjà le soleil nous délaisse,
Et novembre à la brume épaisse
Assombrit notre gai manoir;
Regarde par la vitre humide
Combien la campagne est aride
Et devient triste avec le soir !

Quel silence nous environne !
Nous n'entendons, de nos foyers,
Que les soupirs du vent d'automne
S'échappant des hauts marronniers;
Ou perçant la vaste étendue,
Le son d'une cloche inconnue
Qui jusqu'ici vibre dans l'air,

Et va, simple note affaiblie,
Se perdre avec mélancolie
Au fond de notre val désert.

Les coteaux n'ont plus de verdure,
Les champs sont nus et désolés ;
Tout souffre et prend dans la nature
Le deuil des beaux jours écoulés.
Au lieu de bondir indocile,
La génisse reste immobile
Debout, au milieu des guérets,
Et par le froid qui l'inquiète,
Le passereau, que rien n'arrête,
Reprend son vol vers les forêts.

Sous les touffes d'herbe fleurie,
Le ruisseau qui, durant l'été,
Se déroulait dans la prairie
Comme un long ruban argenté,
Aujourd'hui gonflé des ondées,
Pousse ses vagues débordées
Avec d'impétueux efforts,
Et fier des débris qu'il entraîne,
Semble menacer de sa haine
Les vieux troncs penchés sur ses bords.

Vois-tu là-bas, seule et rêveuse,
La bergère au pied du buisson,
Oubliant, pauvre âme amoureuse,
Et sa quenouille et sa chanson :
Elle contemple le nuage,

Le bois dépouillé de feuillage,
Plus souvent encor le hameau,
Tandis que, si bruyant naguère,
Son chien s'endort dans la bruyère,
Insoucieux de son troupeau.

Plaignons, par ces tristes journées,
Le voyageur endolori,
Le mendiant chargé d'années,
En quête d'un nocturne abri;
Plaignons le vieux père qui pleure
Un fils absent de sa demeure,
Absent peut-être pour toujours;
Plaignons surtout, ô mon amie,
Celui qui consume sa vie
Sans espérance et sans amours.

www.ingramcontent.com/pod-product-compliance
Lightning Source LLC
Chambersburg PA
CBHW072214210626
46818CB00014BA/2026